Pour l'amour
de Marie Salat

Régine Deforges

Pour l'amour
de Marie Salat

ROMAN

Albin Michel

© Éditions Albin Michel S.A., 1986
22, rue Huyghens, 75014 Paris

ISBN 2-226-02-648-7

Même après ma mort, tant qu'il restera sur la terre un ami de mes livres, Malagar palpitera d'une sourde vie...

François Mauriac

A Malagar

Le dernier été

Quand j'écrivais l'été dernier à Malagar les premières pages de ce petit livre, je ne pensais pas que ce serait la dernière fois que mon regard se poserait sur ces murs devenus familiers.

L'écrivain que je suis devenu doit tout à ce lieu où j'ai trouvé ce qu'inconsciemment je cherchais depuis mon enfance. Le déchirement de l'avoir à jamais perdu est si grand qu'il n'est pas de jour où je n'y pense, où je ne revois chaque recoin de la vieille maison, la grande prairie qui s'étendait devant la fenêtre du bureau où je travaillais, avec, au loin, ces piles de bois qui dissimulaient les carcasses des voitures des fermiers. Pourquoi étaient-elles là? Qu'en faisaient-ils? Je ne l'ai jamais su, mais leurs présences sales me gênaient comme de l'acné sur un joli visage, à tel point que j'évitais de venir me promener par là.

Qui n'a pas connu le simple plaisir d'ouvrir, tôt le matin, l'été, de lourds volets sur un paysage aimé, quand des filets de brume annoncent une chaude journée, ne peut comprendre le ravissement mélancolique qu'il y a à laisser errer son regard sur cette campagne si riche en souvenirs. C'est le moment où le remugle des chais est à peine perceptible, où montent du sol les odeurs aigrelettes de l'aube, fragrances subtiles où dominent à cette heure celles de la terre encore humide de la nuit, bientôt recouvertes par les effluves du feu de sarments que vient d'allumer Simone dans la cuisine pour en chasser les ombres et le froid des ténèbres.

A l'ouverture des contrevents de chacune des fenêtres, j'éprouvais comme un plaisir de découverte; le plus grand était celui où je rabattais ceux des deux hautes portes, l'une ouvrant au nord sur la prairie et l'autre au sud sur la cour où le tilleul centenaire se meurt. Là, appuyée contre le volet de bois aux ferrures rouillées, je prenais possession de Malagar. Les yeux mi-clos, frissonnante, je me laissais pénétrer par la beauté de son âme, j'ouvrais mon cœur à cet amour de la vie qui m'étreignait, m'assaillait de toutes parts, me laissant alanguie, les yeux pleins de larmes d'un bonheur trop fort d'exister, d'où l'idée de mort n'est jamais absente.

C'est l'heure où viennent aux lèvres les prières oubliées de l'enfance que j'essaie vainement de chasser avant de céder à la demande de l'esprit du lieu que j'entends murmurer à travers le bruissement léger des feuilles du tilleul. Le roulement lointain du train de Bordeaux, le tintement des cloches de Verdelais, l'aboiement d'un chien, me sortent de ma rêverie.

Certains matins, les épaules recouvertes d'un châle, je descendais vers la terrasse d'où le regard embrasse vignes et villages, la Garonne et l'horizon immense. Les pieds mouillés par la rosée, je m'arrêtais devant

12

le mur, appuyais mes mains sur la pierre froide, heureuse à la pensée de la belle journée qui s'annonçait. Puis, lentement, je remontais vers la maison tantôt par le petit bois, tantôt par l'allée bordée de rosiers, bâtissant dans ma tête les pages que j'allais écrire une fois avalé le petit déjeuner que j'aime prendre seule quand tout le monde dort encore. Quelquefois, Léa, ma dernière fille, m'avait devancée et je la trouvais, les yeux encore pleins de sommeil, assise sur la marche de la cuisine, une poupée dans les bras ou un livre à la main. Moments si doux des retrouvailles après la nuit, du premier câlin, du premier caprice...

C'est en explorant les petits villages alentour, dans la torpeur de l'après-midi, que j'ai rencontré celle que j'allais nommer : Marie Salat. En fouillant dans les cartons d'un libraire-brocanteur d'un hameau perdu, je suis tombée sur des cartes postales qui lui étaient adressées. J'en achetai trois pour la joliesse de l'image. De retour à Malagar, Pierre Wiazemsky, mon mari, les a lues et me les a tendues sans un mot. A mesure de ma lecture, une émotion et une gêne profonde m'envahissaient : je surprenais les lettres d'amour d'une femme à une autre femme, et quel amour!

Le lendemain, je me suis précipitée chez le brocanteur. Dans le fouillis de ses boîtes, j'ai retrouvé quatre autres cartes, aussi belles, aussi émouvantes. « Cela ferait une belle histoire », me suis-je dit.

Pendant trois ans cette histoire a mûri dans ma tête; j'avais envie d'en savoir davantage sur ces femmes

13

qui avaient osé s'aimer si fort dans un petit village du Sud-Ouest au début du siècle et dont l'une au moins écrivait, malgré quelques maladresses, si joliment son amour, sans se soucier des regards l'épiant derrière les volets clos.

L'écriture de Marguerite et son style me rappelaient ceux de Lucie, ma grand-mère paysanne qui aimait tant les livres. L'école, en ce temps-là, apprenait à bien former les lettres, l'orthographe et la grammaire, et des gens qui n'avaient que leur certificat d'études s'exprimaient mieux que la plupart des bacheliers de maintenant. Il n'était donc pas étonnant, à l'époque, qu'une ouvrière et une couturière puissent s'écrire d'une manière qui peut surprendre de nos jours.

Peut-être sentais-je, l'été dernier, qu'il y avait urgence à donner vie à ces personnages issus de cette terre et de mon imagination. Pour moi, ils sont indissociables de Malagar et sont le modeste témoignage d'un amour né à la première rencontre comme celui de Marguerite pour Marie.

Régine Deforges

Pour l'amour
de Marie Salat

8 octobre 1903

Chère Madame,

Quel bon moment j'ai passé hier avec vous. Quelle joie de rencontrer dans ce triste village une personne de votre qualité, de votre intelligence. Comme vous avez bien su deviner ce que je voulais, quelle couleur me plaisait, j'ai hâte de voir le tissu que vous m'avez choisi. Grâce à vous, je serai la plus élégante du pays dès que je serai délivrée.

Depuis que nous sommes installés ici, il y aura demain un mois, chaque jour j'ai guetté le moment où vous ouvririez votre fenêtre. Surtout ne croyez pas qu'il y a indiscrétion de ma part, mais vous apercevoir me fait plaisir et me donne le courage d'affronter la journée. Me permettez-vous de revenir vous voir, comme ça, pour bavarder? Je me sens si seule ici, et mon mari est si peu causant.

Croyez, chère Madame, à ma reconnaissance,

Marguerite Ribéra

Pardonnez-moi de glisser cette lettre sous votre porte.

17

Blasimon, samedi 10 octobre 1903

Madame,

Venez quand vous le voulez. Je n'ai pas tant de travail que je ne puisse bavarder quelques instants avec vous.

Votre dévouée,
Marie Salat

15 octobre 1903

Chère Madame,

La journée d'hier a été pour moi une des plus heureuses de ma vie. Quel bonheur de vous voir, de vous écouter. Vous êtes si différente des femmes d'ici. Vous êtes instruite, vous vous intéressez à autre chose qu'à la vigne, aux enfants et aux commérages.

J'ai emporté le livre que vous m'avez prêté, ah! comme j'aime lire des romans. Je le lirai en pensant à vous. J'espérais pouvoir le commencer dès mon retour, mais mon mari m'a entreprise sur ses difficultés avec son patron. Ah, il est dur d'être un ouvrier agricole dans un pays où le travail est rare et mal payé! Depuis notre arrivée, je lui ai souvent dit : « Partons, il n'y a pas d'avenir pour nous ici. » J'avais presque réussi à le convaincre d'aller voir du côté de Bordeaux. Mais maintenant que je vous connais, je n'ai plus envie de quitter Blasimon.

Merci pour tout.

Votre dévouée,
Marguerite Ribéra

Pardonnez-moi d'avoir glissé cette carte sous votre porte, mais j'ai craint que le courrier n'ait quelque retard.

Chère Madame,

Que se passe-t-il? J'espérais tant un signe de vous. Seriez-vous fâchée? Aurais-je dit quelque chose qui vous ait déplu? Oh, je vous en prie, ne soyez pas cruelle, répondez-moi. Dites-moi quand je peux passer vous voir. Déjà trois jours que je ne vous ai vue. Tout me semble gris, monotone.

L'enfant que je porte se fait de plus en plus lourd, de plus en plus remuant. Sans doute est-ce normal, mais cela est bien fatigant. J'ai hâte d'être débarrassée de ce fardeau. Surtout, n'allez pas croire que je ne suis pas heureuse d'être mère, mais notre logement est si petit et notre avenir si incertain. Dès mes relevailles, je retournerai à la fabrique et confierai le bébé à une nourrice. Ma belle-mère en connaît une du côté de Pellegrue.

Je vous en prie, ne m'oubliez pas. J'en mourrais.

Votre dévouée et souffrante,
Marguerite Ribéra

Blasimon, jeudi 22 octobre 1903

Chère Madame,

Je ne vous ai pas oubliée, mais un travail urgent m'a empêchée de vous répondre. Moi aussi je suis très heureuse de notre rencontre et je souhaite que nous devenions amies.

La mère de mon mari m'a apporté une tarte aux pruneaux. Voulez-vous venir en manger un morceau avec moi demain à l'heure du café?

Croyez, chère Madame, à mes sentiments dévoués.

Marie Salat

24 octobre 1903

Bien chère Madame,

Que c'était bon d'être auprès de vous, bien au chaud dans cette pièce qui vous ressemble, propre et ordonnée et cependant coquette! Quels beaux livres vous avez. Comme j'ai aimé la façon dont vous parliez du roman de Georges Ohnet, *La Fille du député* : si mon mari vous avait entendue, il aurait dit que vous teniez des propos révolutionnaires, mais moi j'ai trouvé qu'ils étaient généreux.

La tarte de votre belle-mère était bien bonne et votre café délicieux.

Quand viendrez-vous chez moi que je vous rende la pareille?

Merci pour tout.

Votre amie,
Marguerite Ribéra

25 octobre 1903

Chère Madame,

Vous avez eu tort de me dire que vous collectionnez les cartes postales, cela m'est une excuse pour vous écrire tous les jours.

Votre respectueuse amie,
Marguerite Ribéra

27 octobre 1903

Chère, très chère Madame,

J'ai lu enfin le roman que vous m'aviez prêté. Que cette histoire est belle et émouvante! Ah, j'ai bien pleuré devant les malheurs de Daisy! Comme je lui ressemble! comme elle, incomprise, rêvant à d'autres lieux, à une autre destinée, à d'autres amours. Ressentez-vous, chère belle Amie, comme je le ressens, le désir d'aimer sans contraintes, de vous donner tout entière à l'être adoré? D'être son esclave?

Mais je suis folle! Sur le point d'accoucher, je rêve d'amour, de baisers fous, de caresses. Pardonnez-moi, chère Madame, je me sens si proche de vous que j'imagine que je peux tout vous dire.

A vous, à jamais,
Daisy-Marguerite

30 octobre 1903

Ma très chère amie,

J'apprends la triste nouvelle du décès de votre marraine. Je voudrais vous prendre dans mes bras, vous consoler, boire vos larmes sur vos joues.

Oh! douce Marie! je pleure de votre souffrance et j'enrage de ne pouvoir venir vous voir, la sage-femme m'a ordonné de rester au lit car elle craint que je n'accouche avant mon terme.

Mais je pense si fort à vous que vous devriez le sentir. Chaque jour je prie la Sainte-Vierge et le Bon Dieu de vous donner du courage.

Croyez, chère Marie, à la tendre affection de votre,

Marguerite Ribéra

Merci, chère Madame, pour vos condoléances. Elles seules ont apporté un peu de soulagement à mon chagrin. Votre amitié me touche beaucoup. Surtout ne faites pas d'imprudences. Dans votre état, cela peut être dangereux et je ne me consolerais pas de perdre une amie comme vous, douce et folle Daisy.

Petite Margot, je vous embrasse tendrement,

Marie Salat

26

11 novembre 1903

Madame,

Ah! plaignez-moi bien, mais ne m'accusez pas.
Même à ces heures, en ces moments où j'ai tant
souffert, je n'ai même pas eu les caresses ni les
paroles d'amour ni les sourires, rien enfin de ce
que j'attendais. Un baiser seulement après la
naissance, que j'ai dû réclamer. Ah, j'ai été bien
déçue, je vous assure. Si, dans ces moments-là,
un mari ne se fait ni caressant ni aimable avec
sa femme, que puis-je attendre à présent? Vous
me comprenez, je l'espère. Lorsque nous avons
parlé de cette chose si intime pour moi et dont
je ne me suis jamais plainte pourtant à personne,
j'ai souffert. Une plaie s'est rouverte, et bien
saignante celle-là. Je n'ai pu être maîtresse de
mes mouvements. Pardonnez-moi et excusez-moi
de vous troubler à ce point dans votre récente
affliction. Je vous en supplie, séchez vos larmes
ou bien permettez-moi de les sécher par mes
baisers. Je tremble tant, j'ai les lèvres brûlantes.
Oui, je suis avide d'amour, de caresses et de
baisers! De ces légers frissons que l'on ressent

lorsque l'on aime. Ah, que je souffre, si vous saviez! Et je vois toute cette tendresse chez vous alors qu'il va falloir me priver de vous voir... Oh, Marie, je vous réclame un peu de cet amour. Faites-m'en l'aumône, pour l'amour de Dieu! Croyez-moi, vous ne le volerez pas à votre mari.

Quelle que soit votre réponse, soyez sûre de mon éternel attachement,

Marguerite

16 novembre 1903

Ma chère Madame Marie,

La présence de ma belle-mère ne m'a pas permis de vous dire toute la joie que m'a faite votre visite malgré le deuil qui vous frappe, ni de vous remercier pour la jolie robe du bébé. Vous avez eu la bonté de trouver belle la petite, je la trouve affreuse avec sa figure rouge qui me fait penser à celle de mon mari quand il est en colère.

C'était si bon de vous revoir après ces longs jours, de regarder votre beau visage pâli par les larmes. Ne pleurez plus votre marraine, douce Marie, elle est auprès du Bon Dieu et prie pour vous.

J'espère pouvoir commencer à me lever demain. Dès que je serai sur pied, ma première visite sera pour vous.

Croyez, chère Marie, à toute mon affection,

Marguerite

Blasimon, lundi 23 novembre 1903

Chère Madame,

Le tissu de votre costume est arrivé de Bordeaux. Passez quand vous voulez, que je prenne les mesures exactes et que l'on se mette bien d'accord sur le choix des boutons, de la doublure et de la largeur des revers.

Votre dévouée,
Marie Salat

26 novembre 1903

Très chère Madame et amie,

Votre petite commise m'a remis votre mot. Je passerai après-demain dans la matinée pour prendre les mesures. Vous me manquez affreusement, vos douces paroles me manquent. Vous seule pouvez me consoler. Je suis si triste depuis la naissance. Je pleure tout le jour. Mon mari essaie de me cajoler, mais je le repousse. Ce n'est pas de ses caresses que j'ai besoin.

Je vous renouvelle toute ma tendresse,

Votre malheureuse amie,
Marguerite

Bien chère Madame,

Encore une fois, merci d'avoir si bien su me guider dans le choix du tissu pour mon costume. La couleur est parfaite, le lainage doux et solide. J'ai hâte de le voir terminé. Il sera à la fois beau et pratique. Ma belle-mère, qui m'avait donné l'argent pour cette acquisition, sera sûrement de mon avis. Surtout, prenez votre temps. Je viendrai aux essayages autant de fois qu'il le faudra.
Croyez à mon respectueux attachement,

Marguerite

Vendredi 4 décembre 1903

Chère Marguerite,

Vous permettez, n'est-ce pas, que je vous appelle par votre prénom? Vous êtes si jeune, si passionnée, j'ai l'impression d'être votre grande sœur.

Merci pour les cartes, mais vous n'avez pas besoin de ce subterfuge pour m'écrire. Vous pouvez venir mercredi pour le premier essayage. J'espère que ce jour vous convient.

A vous revoir,
Marie Salat

6 décembre 1903

Ah, chère Madame, chère Amie, chère Marie,
quel bonheur vous me faites! Oui, appelez-moi
par mon prénom, Marguerite, Margot, Daisy,
comme vous voulez. Je suis si heureuse que vous
m'aimiez un peu, moi qui vous aime tant. J'ai
eu si peu d'amour dans ma vie. Bien sûr, il y a
mon mari, mais un mari, si bon soit-il, ne
comprend pas vraiment ce que nous autres
femmes attendons de l'amour. Vous comprenez,
vous, ce que je veux dire.

Cela va être long d'attendre jusqu'à mercredi.
Quatre jours! Quatre jours sans vous voir, sans
contempler votre joli visage, si doux quand vous
me souriez.

Ah, Marie, vous n'imaginez pas quel bien vous
me faites!

Croyez à mon éternel attachement,

Margot-Daisy

34

Mardi 8 décembre 1903

Ma chère Marie,

Heureusement que le bébé prend tout mon temps, sinon je serais déjà venue frapper à votre porte pour vous voir et vous dire que vous me manquez. La nourrice arrive demain. Je vais me sentir plus libre. J'embauche lundi chez Daubèze. J'ai trouvé une place dans la carriole du maire qui se rend chaque jour, comme vous le savez, à sa terre de Saint-Léger. Pour le retour, je ferai les cinq kilomètres à pied. Ce n'est pas le bout du monde et j'ai toujours été bonne marcheuse.

Je m'arrête là car la fille de l'épicier attend que je termine cette carte pour vous la porter.

Croyez, chère Marie, à mon affectueuse impatience,

Margot

14 décembre 1903

Bien chère Marie,

Cette première journée de travail a été bien fatigante. Le bruit des machines, la promiscuité, la laideur de cet endroit ont bien failli avoir raison de mon courage, mais j'étais soutenue par les bons conseils que vous m'aviez donnés l'autre jour.

Oh, Marie, si vous saviez l'importance qu'ont pour moi vos moindres paroles. Combien elles me font de bien. Gardez-moi encore, parlez-moi souvent. J'essaierai de suivre vos conseils en ce qui concerne Charles, mais je lui en veux encore de son attitude négligente au moment de la naissance de sa fille.

Quand j'ai entrouvert mes volets ce matin à six heures, de la lumière filtrait à travers les vôtres. Si vous saviez quel élan me portait vers cette lueur. Je vous imaginais faisant ces gestes quotidiens des femmes, brossant vos longs et doux cheveux, préparant le café... Ah, j'étais bien jalouse de votre mari!

36

C'est bientôt Noël, je vous réserve une surprise, mais chut, je n'en dis pas plus.

Je vous embrasse, ma chère Marie, avec tout mon amour,

Margot

Ma petite Margot,

Vous aviez l'air bien fatigué, l'autre jour, quand je suis allée au-devant de vous sur la route, revenant de votre travail. Heureusement que mon parapluie était assez grand pour nous abriter toutes deux, sinon vous auriez pu attraper du mal.

Je vous le redis, c'est par le travail que les femmes se libéreront, c'est en étant indépendantes de leur famille, de leur mari, qu'elles deviendront les égales de l'homme. J'ai eu beaucoup de mal, dans les premiers temps de mon mariage, à faire comprendre cela à Jean-Marcel qui trouvait que la femme d'un employé des postes ne devait pas travailler. Ce n'était pas mon idée, et il a fini par l'admettre.

Moi aussi je vous prépare un cadeau pour Noël. J'espère que cela vous plaira.

Votre amie,
Marie

20 décembre 1903

Quel bonheur d'être serrée contre vous, l'autre soir, sous la pluie. Je tremblais en sentant la chaleur de votre bras contre mon sein. Ah! chère Marie! que je vous aime! Mais vous aussi vous m'aimez, je le sens. Vos regards ne mentent pas. Que m'importe d'être l'égale de l'homme. Ce que je veux c'est vous appartenir, être votre esclave, me dévouer pour vous.

Aimez-vous cette carte? Voyez-vous comme ils s'aiment, les personnages de la gravure? Comme je voudrais être cet homme qui tient cette femme dans ses bras, mais c'est vous que je tiendrais contre moi et couvrirais de baisers.

Votre esclave consentante,
Margot-Daisy

Mercredi 23 décembre 1903

Que vous êtes exaltée, petite Margot. Vous lisez trop de romans. Les propos que vous tenez ne sont pas raisonnables. Que penseraient votre mari et le mien s'ils tombaient sur vos cartes? Vous me faites peur. Une femme ne peut pas aimer une autre femme de cette manière, c'est contre nature. C'est un péché, dirait Monsieur le Curé. Moi aussi, je vous aime, mais comme une amie, comme une sœur.

Promettez-moi de ne plus m'écrire de pareilles choses. La nuit dernière, je n'ai pas dormi tant j'étais troublée par vos folles paroles.

Vous pouvez venir essayer votre costume après-demain si vous le voulez.

Croyez à toute ma sympathie,

Marie Salat

40

24 décembre 1903

Que voulez-vous que je fasse de votre sympathie alors que c'est votre amour que je vous demande! Je me moque bien de mon mari et, pardonnez-moi, du vôtre. Que savent-ils de l'amour, ces hommes, acharnés au travail, abrutis par les conversations de café et veules, tant est grande leur peur du lendemain et de leurs chefs ou patrons?

Comment pouvez-vous dire qu'une femme ne peut pas aimer une autre femme alors que moi, je vous aime avec mon cœur, avec mon corps! Pour vous, j'abandonnerais mari et enfant. Un péché, dites-vous? Alors vive le péché qui me fait battre si fort le cœur dès que je vous entends, me fait trembler dès que je vous vois et me donne envie de vous couvrir de baisers et de caresses! Allez, je sais bien que mes caresses vous feraient oublier celles de votre mari. Ah, que je souffre d'imaginer ses mains sur vous, son corps contre le vôtre! Marie! Marie! Oh, je souffre tant. Pardonnez-moi, je n'en peux plus.

Votre douloureuse amie,
Margot

25 décembre 1903 (Noël)

Ma chère Marie,

Je ne pouvais mieux trouver que cette carte pour vous offrir mes souhaits les plus sincères. Hier comme aujourd'hui, ils ne peuvent être plus vrais. C'est du plus profond de mon être que je les fais. Je vous souhaite, chère Marie, tout ce qu'un cœur aimant peut désirer : santé, joies, félicité, bonheur... Permettez-moi de vous dire un grand merci. Vous m'avez bien rendu service, mercredi soir. Pardonnez-moi ce que j'ai pu vous dire de mauvais, c'était malgré moi, tout ce qui s'est passé ce soir-là. Je prie bien le Bon Dieu pour vous et pour tous les vôtres. L'Enfant Jésus vous bénira, j'en suis sûre, pour le bon rôle que vous jouez près de moi. Mon amie, ma chère conseillère, recevez, avec mes souhaits, mes affectueux baisers.

Votre toute dévouée,

Marguerite

26 décembre 1903

Je vous pardonne bien volontiers, ma chère Marguerite, mais ne recommencez pas, sinon je m'interdirai de vous revoir.

Merci pour vos bons vœux. Moi aussi je vous souhaite, ainsi qu'à tous les vôtres, une très heureuse année.

Avec tout cela, vous ne m'avez pas dit si la blouse vous plaisait. Je l'ai faite en pensant qu'elle irait bien avec votre costume. Votre cadeau m'avait été droit au cœur. Je ne vous connaissais pas ces talents de brodeuse. Ce dessus de table a dû vous demander des heures et des heures de travail. Merci mille fois.

Votre amie,
Marie

26 décembre 1903

Ma chère Marie,

Pouvez-vous venir ce soir au-devant de moi? C'est très important.

Votre amie dévouée,
Margot

27 décembre 1903

Depuis hier soir, je vis dans les nuages. A chaque instant je me dis : je l'ai tenue dans mes bras, j'ai baisé ses lèvres chéries, respiré son souffle adoré. Oh, mon amie! quel plaisir vous m'avez donné! Mais, pour l'amour du Ciel, n'allez pas me faire souffrir. N'allez pas rejeter ces doux instants. Comme j'ai été éblouie par votre regard émerveillé, vous aviez l'air d'une enfant en extase. Je remercie le ciel d'en avoir été la cause. En revanche, je n'ai pas aimé vos larmes, mais vous aviez une telle façon de prononcer mon nom : Margot, Margot, que je vous pardonne le chagrin que vous m'avez fait.

Le soir, mon mari m'a fait compliment sur mon air, cela ne lui était pas arrivé depuis la naissance de l'enfant. J'étais tellement heureuse que je l'ai embrassé. Il en a profité pour me pincer la taille, mais je me suis esquivée, prétextant le dîner à préparer. Cependant, j'appréhende un peu l'après-souper.

Ma tendre, ma belle, ma douce amie, recevez mes baisers les plus fous,

Votre esclave à jamais,
Margot

Lundi 28 décembre 1903

Ma chère Marguerite,

Il faut oublier ce qui s'est passé hier. Pourquoi avez-vous dérangé ma vie bien tranquille? Avant de vous connaître, je me trouvais heureuse entre mon travail et mon mari. Maintenant je ne dors plus, je repousse le pauvre Jean-Marcel et mon travail m'ennuie. Tout ce en quoi je croyais m'apparaît menacé. J'ai peur de mes pensées, j'ai peur de moi-même. Je n'arrive pas à comprendre ce qui m'est arrivé.

Marie

28 décembre 1903

Douce Marie,

Oublier ce qui m'aide à vivre, vous n'y pensez pas, et d'ailleurs, vous ne le voulez pas vraiment! Vous m'aimez, Marie, même si vous ne le savez pas encore.

Chaque soir, maintenant, je guetterai votre longue silhouette sur la route. Chaque soir je sentirai mon corps aller au-devant du vôtre. Ah, Marie, laissez-moi vous aimer!

Votre amoureuse,
Margot

Mardi 29 décembre

Eh bien oui, je t'aime, petite Margot. Je ne comprends pas qu'une chose pareille soit possible, mais qu'importe. Les faits sont là, moi aussi je te désire comme je n'ai jamais désiré personne. Oui, je viendrai au-devant de toi chaque soir, et chaque soir nous nous abriterons dans la vieille grange abandonnée.

Marie

Es-tu bien sûre que personne ne risque de trouver cette correspondance? Il suffit d'un coup de vent qui rabatte le volet pour que la lettre apparaisse ou s'envole.

29 décembre 1903

Ma chère et tendre Marie,

Oh, comme tu m'es chère! Ta douce image est gravée dans mon cœur. Tout me parle de toi.

Marie, chère et douce Marie, que je t'aime! Que ton sourire est doux! Que tes paroles me font du bien! Ton tutoiement me remue, m'émotionne. Questionne-moi. Fais-moi te parler d'amour, te caresser puisque tu aimes. J'envie cet homme de la gravure, comme il a l'air d'aimer cette ferme femme. Aime-moi aussi et daigne accepter mon amour. Marie, laisse-moi te caresser, te redire que je t'aime. Ah, que je voudrais te faire mieux voir mon amour! Je crois au tien, mais je voudrais encore davantage.

Je t'embrasse et t'embrasse encore et toujours, en attendant de te retrouver ce soir sur la route.

Margot

50

Marie, mon aimée,

Depuis ce moment béni où tu t'es abandonnée entre mes bras, je ne vis plus que dans l'attente de te serrer à nouveau contre moi. Oh, la douceur de tes lèvres contre mon visage et sur mes seins. Marie, ah, Marie, tu me fais tant de bien. Il me semble que j'ai changé de corps, que c'est un corps tout neuf qui est allé au-devant du tien, a vibré de tes caresses. Je suis si émue par ces souvenirs que je n'arrive à écrire, à te dire, à te redire mon amour qui ne s'éteindra qu'avec moi.
Ah, aime-moi! à demain mon amie,

Ton esclave,
Margot

Margot, mon amour,

Le dernier coup de minuit vient de sonner au clocher. Jean-Marcel s'est enfin endormi et je viens de me relever pour venir bavarder avec toi et te souhaiter une bonne année. Que 1904 comble tous tes vœux et les miens.

Depuis une semaine, je ne dors plus tant je pense à toi, à cet amour inattendu qui nous a pris au piège. Qu'allons-nous devenir dans ce village où tout se sait si vite? Je ne supporterai pas d'être éloignée de toi. Il faut que nos maris deviennent amis, comme ça nous pourrons nous voir plus librement. Il y a bal prochainement à Sauveterre. Malgré mon deuil, nous pourrions peut-être y aller ensemble.

Je t'écris à la lueur de l'âtre. Je t'imagine dans ton lit, tes beaux cheveux défaits. Surtout ne les coupe pas, j'aime leur lourdeur, leur odeur m'enivre. Moi aussi j'ai l'impression d'avoir changé de corps. Comme j'aimerais dormir auprès de toi. Ma petite Margot, je veille sur ton sommeil.

Ton amie qui t'aime,
Marie

2 janvier 1904

Que cette journée du 1er janvier m'a paru longue! La visite chez la nourrice en compagnie de ma belle-mère n'en finissait pas. La petite se porte bien et ressemble de plus en plus à son père. J'ai parlé à Charles du bal. Il a grogné en disant qu'il ne savait pas danser, mais ma belle-mère lui a dit qu'un mari se devait d'emmener son épouse au bal de temps en temps. Brave femme, je l'aurais embrassée. C'est donc d'accord, nous irons ensemble.

Mon costume sera-t-il fini? J'ai envie d'être belle pour te plaire davantage.

J'ai hâte d'être à demain pour te retrouver dans notre cachette.

Mon aimée, à toi à jamais,
Margot

Marie, ah, Marie, je ne pensais pas qu'un tel bonheur puisse exister! Comme tu étais belle, demi-nue entre mes bras. La pointe de tes seins affolait mes lèvres et tes doigts meurtrissaient les miens, m'arrachaient des gémissements de plaisir que j'étouffais contre ta peau. Avec quelle sûreté nos mains ont su trouver le point sensible de notre intimité et s'enfoncer habilement dans la douceur humide de nos ventres. Ah, Marie, je défaille en écrivant ces mots et ma plume s'échappe de mes doigts qui viennent malgré moi se blottir au creux de mes cuisses, me faisant retrouver dans un éclair le fulgurant bonheur que tu m'as donné. Marie, comme tu aimais mes caresses, comme tu t'ouvrais à moi! j'aurais voulu me plonger toute en toi! Oh, mon aimée.

Margot

Mardi 5 janvier 1904

Je t'en prie, chère petite Margot, ne m'écris plus. Ta dernière lettre m'a rendue folle de honte. Je l'ai déchirée et jetée dans la cheminée. Je ne viendrai pas ce soir, c'est au-dessus de mes forces. Je n'oserais pas affronter ton regard.
Adieu,

Ton amie toujours,
Marie

Oh, que tu me fais souffrir! J'étais dans l'ivresse du bonheur et tu me plonges dans l'angoisse du malheur. Ce n'est pas bien, tu n'en as pas le droit. Si tu m'abandonnes, j'en mourrai. Maintenant, je suis tienne à jamais. Je ferai ce que tu voudras, mais ne me laisse pas seule. Viens, viens ce soir dans notre refuge. Souviens-toi de mes caresses que tu aimes, de mes baisers, de mon amour. Viens, je meurs.

Margot

6 janvier 1904

Merci Marie, mon amour, d'être venue hier soir. Comme je te l'ai promis, je serai raisonnable. Je ne chercherai plus à troubler ton corps, à t'arracher à ton mari. Je resterai seulement à te regarder, à te dévorer des yeux, puisque les caresses me sont interdites. Mais pourquoi? Pourquoi? Nous nous aimons! Est-ce notre faute? Si Dieu l'a permis, c'est qu'il n'y a rien de mal à cela, mais j'arrête, sinon tu me gronderas encore, et j'ai tant besoin de tes douces paroles.
Parle-moi Marie, ta voix m'apaise.

Ta pauvre,
Margot

Chère Marie,

J'ai le regret de te dire que c'est la dernière carte que je te donne, elles sont épuisées. Jusqu'à ce que je m'en procure d'autres, ce sera sur du papier ordinaire que je t'écrirai. Que puis-je te dire? Je ne sais trop. Et je ne sais ce que je ressens, mais je souffre beaucoup. Nous pourrions être si heureuses, comme tu me le disais hier. Oh, comme je voudrais arracher cet amour de mon cœur, car tu ne peux te figurer la souffrance que j'endure. Dis, veux-tu me parler, me consoler un peu, je suis si peinée de ce qui se passe? Je voudrais faire mieux, aimer mieux. Je voudrais être comme toi. Dieu, quel amour tu as pour les tiens, il se voit si bien sur ton visage! Et cet amour me fait mal, bien mal. J'ai tant souffert quand tu m'as dit que je bâtissais un roman!... Alors à quoi bon te dire ce que j'éprouve, ce que je sens puisque, hélas, tu ne me crois plus... Pourtant, je ne suis animée que de bonnes intentions pour l'avenir. C'est égal, chère Marie, quoi que tu me dises, quoi que tu fasses, tu ne m'empêcheras pas de t'aimer. J'aurai peut-être bien des « romans » en tête, je ne t'en parlerai plus, mais je t'aimerai toujours.

Marguerite

9 janvier 1904

Ma chère Marie,

Je te prie de ne pas me faire trop souffrir par ton silence. Parle-moi comme je te parle. N'est-ce pas beau de pouvoir témoigner ses sentiments à quelqu'un que l'on aime? Ne crains rien, va, je garderai tout pour moi. Sois franche, dis-moi tout, si tu pouvais comprendre comme ta voix me fait du bien! Parle-moi, parle-moi toujours, ô mon amour! Je t'en supplie, regarde-moi avec ces yeux qui en disent long. Je te le répète, j'en ai besoin. Tu me fais un peu vivre, ne le vois-tu pas? Je t'en prie, s'il y a encore en moi un endroit où tu n'as pu pénétrer, eh bien, fouille avec ton regard, fouille partout, pénètre partout afin que tu connaisses mes moindres intentions, mes moindres désirs, oh, je t'en supplie!

Celle qui souffre et qui t'aime,
Margot

60

10 janvier 1904

Ma chère Marguerite,

Ton costume est prêt. Passe le chercher quand tu voudras.

Ton amie dévouée,
Marie

Ma bien-aimée,

C'est à peine si j'ose me présenter devant toi.
Il me semble qu'il y a une éternité que je ne t'ai
vue. Comme ces jours m'ont semblé longs! Je
ne souhaite que ton bonheur. Mais peux-tu être
si indifférente au mien? Le bal de Sauveterre
approche. Irons-nous comme prévu avec nos
maris? Charles, lui, est d'accord et vous invite
pour le café dimanche prochain.

Je passerai chercher mon costume demain, à
moins que tu ne me l'apportes ce soir en venant
au-devant de moi?

Reçois mes plus tendres baisers,

J'espère si fort en toi,

Margot

Vendredi 15 janvier 1904

Ma chère petite Margot,

Je n'ai pas pu aller au-devant de toi. Jean-Marcel vous remercie, nous viendrons dimanche pour le café. Passe ce soir pour ton costume. Tu me manques.

Ton amie dévouée,
Marie Salat

Ma chérie,

Que tu es belle et bonne, que tes paroles me font du bien! Mais pourquoi ces gestes sévères quand je m'approche de toi. J'avais un tel désir de tes caresses, de tes baisers! Ne sens-tu pas comme je t'aime? Ne m'abandonne pas. Sans cet amour, je n'aurais plus la force de vivre au milieu de ces gens qui ne peuvent nous comprendre.

Ton costume est très beau. Je regrette qu'il soit déjà terminé.

Laisse-moi t'adorer en silence, ma maîtresse bien-aimée.

Ton esclave,
Daisy-Margot

A demain. Pourvu que nos maris s'entendent bien.

Lundi 18 janvier 1904

Ma chère petite Marguerite,

Mon mari ne tarit pas d'éloges sur le tien. Il le trouve bien élevé pour un ouvrier. Cela me fait rire, quand on pense à nos pères qui étaient manœuvres sur le port de Bordeaux. Pourquoi la promotion sociale s'accompagne-t-elle tout le temps du mépris de sa classe? Jean-Marcel t'a trouvée très belle, l'œil un peu trop brillant pour une honnête femme — c'est aussi mon avis — mais très bonne maîtresse de maison. Il a même ajouté qu'il était heureux que nous soyons amies. Ces bonnes dispositions vont nous permettre de nous voir sans nous cacher, mais, surtout, promets-moi de ne plus te conduire comme tu sais...
A bientôt donc, ma chère Marguerite,

Ton amie à jamais,
Marie Salat

19 janvier 1904

Ma chère Marie,

Je suis bien heureuse que nous soyons au goût de ton mari. Quant au mien il t'a trouvée « belle et distinguée », et ton mari « pas fier » pour un employé des postes. Tout est pour le mieux. Nous allons donc nous fréquenter comme de bons petits ménages bien convenables. A nous les promenades en forêt, les excursions au bord de la mer, une fois l'an, et les dimanches à jouer aux dominos ou aux quilles! Je comprends que cela te plaise, tu retrouves ta vie calme et tranquille d'avant. Toi, peut-être, mais pas moi. Car moi je t'aime, je t'aime à en mourir. La nuit, auprès de Charles, je me réveille en larmes, mordant mon oreiller pour étouffer mes cris et mes sanglots.

Je ne rêve que de m'enfuir avec toi à Bordeaux, ou, pourquoi pas, à Paris, vivre notre amour au grand jour. Car toi aussi, tu m'aimes. Crois-tu que je ne voie pas tes yeux se troubler quand ils croisent les miens, ton souffle se précipiter quand je m'approche et tes mains trem-

66

bler lorsque nos doigts se frôlent? Que tu le veuilles ou non, belle ensorceleuse, nous avons envie de nous embrasser, de nous caresser, de nous aimer totalement.

Je voudrais te couvrir de bijoux, t'enfermer en haut d'une tour, être la seule à contempler ta beauté, passer ma vie à tes genoux. Oh, Marie, Marie! ne sois pas cruelle.

Viens au-devant de moi.

Ton aimée,
Margot

Tu es venue, tu es venue et tu as été mienne! Ne rougis pas de nos baisers, ils avaient le goût du miel. Comme nos corps enlacés se sont retrouvés! Comme ils étaient avides l'un de l'autre! Douce Marie, bonne Marie, belle Marie, je voudrais te manger, te porter en moi. Ne pleure plus, donne-moi ton sourire. Je ne veux que ton bonheur.

Ton esclave,
Margot-Daisy

Vendredi 22 janvier 1904

Ma chère petite Margot,

Nous sommes folles, complètement folles, mais qu'importe! Grâce à toi, j'ai découvert un bonheur que j'ignorais : le plaisir de s'abandonner à un autre être, de ne faire qu'un avec un autre corps.

Je ne viendrai pas au-devant de toi ce soir, il fait vraiment trop froid dans cette grange. Allons, ne t'alarme pas. Nous nous verrons bien au chaud. Viens chez moi dès ton retour. Jean-Marcel est à la ville, il ne rentrera que dans la nuit. Passe par la porte du jardin, c'est moins voyant que par la rue.

Viens vite, je t'attends avec impatience,

Celle qui t'aime plus que tout,
Marie

Ma chère Marie,

Comme j'ai pensé juste! Comme cela me fait t'aimer davantage! Marie, douce et bien-aimée amie. Je vois si clair au fond de ton œil noir. Pourquoi discuter? Dis-moi seulement ce que je dois faire pour te faire plaisir et crois, ô mon aimée, que je ferai de mon mieux pour te contenter. Viens près de moi que je sente ta respiration, ton haleine, viens que je sente battre ton cœur, tu attends quelque chose de moi, n'est-ce pas? Alors approche-toi encore davantage, laisse mes yeux dans tes yeux, approche ta bouche de ma bouche, que j'y prenne un brûlant baiser.

Marie, mon amour, oui tu es mon amour, tu es mon tout. Comme j'aime te caresser lorsque je te sens frémir, frissonner sous ma main. J'aime tout de toi. J'aime à toucher tes cheveux, à les lisser. Marie, prends-moi toute, prends mon corps et mon âme, je t'appartiens. Mais, je t'en supplie, ne me fais pas souffrir. Parle-moi, ta voix me fait du bien. Viens, te dis-je, laisse-moi prendre tous tes baisers, laisse-moi te donner les miens. Comme je voudrais déjà te serrer dans mes bras. Marie! Marie! aime-moi toujours car je meurs! Non, au lieu de mourir, il faut vivre lorsque quelqu'un répond à votre amour.

Crois à mon affection et à mon plus grand dévouement.

A ce soir, mon aimée,

Margot

Oh passer une nuit, toute une nuit avec toi! Sentir ton corps adoré contre le mien. Contempler ton beau visage endormi, tes lèvres gonflées par nos baisers, t'avoir à moi, toute à moi. Ces quelques instants passés dans ton lit resteront à jamais gravés dans ma mémoire. Je ne pensais pas connaître des moments à la fois si forts et si doux. J'ai cru mourir quand tu t'es abandonnée sous mes caresses et quand le plaisir t'a fait pousser un grand cri. Je l'entends encore!

Mon aimée, tu es mon bonheur et mon tourment. Tu me rends folle. Qu'une femme est belle dans le désordre de l'amour!

Je vais m'endormir en rêvant de toi.

A demain, ma bien-aimée,
Margot

Dimanche 24 janvier 1904

Depuis hier, j'erre dans la maison, incapable de parler, de manger, de dormir. Jean-Marcel, inquiet, parlait d'appeler la guérisseuse. Sa sollicitude m'était odieuse. J'ai prétexté une robe à finir pour ne pas me coucher en même temps que lui. J'ai failli hurler quand je l'ai vu s'allonger à la place où tu étais étendue quelques heures auparavant. Je l'ai haï à ce moment-là. Assise, un ouvrage abandonné sur mes genoux, j'ai regardé le feu s'éteindre, écouté les heures sonner au clocher, puis à notre horloge. C'est le froid qui m'a arrachée à cette mortelle torpeur. Je me suis mise en tenue de nuit et me suis glissée dans le lit en prenant garde de ne pas le réveiller. Quand l'heure du réveil a sonné, je n'avais pas fermé l'œil.

Ma petite Marguerite, qu'allons-nous devenir? J'ai si peur de te perdre. Moi qui suis si raisonnable, je me sens prête à commettre l'irréparable. Je suis ton aînée, je dois être sage pour deux. Mais dès que je vois ton mignon visage, je me sens incapable de te gronder. Bah! profitons des instants qui nous sont donnés.

Je t'aime, ma petite enfant.

Ton amante,
Marie

Chère et tendre amie,

Que tu es bonne et comme je t'aime! Sans cesse je voudrais t'avoir plus près de moi, vivre cette vie qui est la tienne ou bien que ce soit toi qui vives la mienne, ne faire qu'une, se fondre l'une en l'autre. Je voudrais me dévouer pour toi, risquer ma vie pour mieux te prouver mon amour. Je t'ai si bien rêvée cette nuit, ma chère aimée, que de caresses et de baisers fous je te faisais! Hélas, quand je me suis aperçue de la réalité, quelle déception! J'avais bien entre mes bras un être aimé, mais il était loin de ressembler à la douce figure de femme à qui, sans réserve, je me suis donnée. C'était mon mari qui me tenait enlacée et à qui je répondais de mon mieux par mes caresses. Mais, chère idole, si je ne t'avais eue, en ce moment, présente en mon esprit, je n'aurais pu supporter ses baisers ainsi que ses paroles. Elles étaient un peu folles. Tu vois donc, cher amour, que tu es tout pour moi et qu'il faut que je pense à toi pour obtenir quelque chose (je t'expliquerai mieux). Marie, reçois mes

caresses et mes plus tendres paroles jusqu'à ce
que je te les dise de vive voix. Il me tarde, je ne
vis pas. Je t'aime, je me consume d'amour pour
toi.

Margot

Lundi 25 janvier 1904

Ne me parle plus jamais des caresses de ton mari. Comment, après ce qui s'est passé entre nous, peux-tu supporter qu'un autre te prenne entre ses bras? Tu me fais mal, bien mal, petite Margot, mais je te pardonne pour cette fois.

Ton amie désespérée,
Marie

26 janvier 1904

Pardonne-moi. Oh, pardonne-moi, mon aimée.
Je ne voulais pas te faire de la peine. Venge-toi,
bats-moi, fais-moi mal, mais conserve-moi ton
sourire et ton amour. Je mourrai si tu ne m'aimes
plus.
A ce soir mon aimée,

Ton esclave repentante,
Margot

27 janvier 1904

Oh, Marie, Marie, divine et bonne Marie! Que je t'aime! Dès que je te vois, mon cœur s'arrête de battre. Je voudrais mourir en contemplant ton beau visage, en me perdant dans tes grands yeux noirs. Comment ai-je pu vivre avant de te connaître! Comme il me semble loin, le temps où je rêvais du Prince charmant! C'est une princesse que j'ai trouvée, que dis-je, une reine! une fée! Sois la maîtresse de mes pensées comme tu l'es de mon corps. Guide-moi. Prodigue-moi tes conseils. Je ne veux plus rien faire qui ne me soit dicté par toi. Je suis ton esclave. Parle, exige, punis, maîtresse adorée, mais aime-moi, garde-moi à jamais.

Moi aussi je souffre comme une damnée de t'imaginer dans les bras de ton mari. Cependant, en me montrant gentille avec le mien, j'espère obtenir la permission de faire cette excursion avec toi. Nous en reparlerons après le bal.

Mon aimée, ton esclave dévouée,
Daisy-Margot

Chère petite Margot,

Je ne pourrai pas te voir demain. Mon mari m'a annoncé ce matin que sa mère venait passer quelques jours chez nous. J'essaierai de venir après-demain au-devant de toi. J'ai fini d'arranger ta robe pour le bal.

Je suis si désorientée que je ne sais quoi te dire, si ce n'est que je t'aime et que ma vie s'arrête quand tu n'es plus auprès de moi.

Ta pauvre
Marie

80

28 janvier 1904 – tôt le matin –

Méchante Marie,

Je hais ta belle-mère, je la voudrais morte. Je vais aller à l'église mettre un cierge pour que Dieu la rappelle à lui. Méchante, méchante Marie. Vois, tu me fais blasphémer. Tu portes la responsabilité de mon péché. Si tu ne viens pas au-devant de moi, j'irai m'allonger devant ta porte au vu et au su de tout le village. Je t'en supplie, ne me fais pas souffrir. Je t'aime, sans toi je ne peux pas vivre. Parle-moi. J'ai besoin de tes douces paroles. Marie, Marie aimée, ne m'abandonne pas.

Ton esclave éplorée,
Margot

Jeudi 28 janvier 1904

Ma petite Margot,

Je souffre autant que toi. Je t'en prie, pense à moi, à notre amour, à ce qui se passerait si nos maris, notre famille, les gens étaient au courant de nos relations. Ils ne pourraient pas comprendre. Tous, ils nous rejetteraient. Je crois que Jean-Marcel serait capable de me tuer. Tu ne veux pas cela, n'est-ce pas? Alors, sois patiente. Dimanche, c'est le bal. Nous serons les plus belles. Nous passerons vous prendre à neuf heures avec la carriole de Monsieur Vignaud.

Je t'embrasse de tout mon amour,

Marie

Oh Marie, j'en ris encore! la tête des gens! A croire qu'ils n'avaient jamais vu deux jolies femmes danser ensemble. C'est pourtant la coutume dans notre région où les hommes préfèrent la buvette au bal et le vin rouge à la mazurka. Que tu étais belle, valsant dans mes bras! Mes pieds ne touchaient pas terre, je m'envolais, portée par la musique. J'aime la valse, elle me grise plus que le vin.

Je sais que j'ai eu tort de poser ce baiser au creux de ton cou, mais c'est de ta faute. Pourquoi est-il si rond, si blanc, si délicatement parfumé? J'avais suivi des yeux, partant de ton front, une goutte de sueur qui glissait le long de ta joue, tremblait au bord de ton menton et roulait vers le creux de tes seins. Je l'ai attrapée au vol : son goût de larme m'a enivrée. Oh Marie! j'ai cru mourir. Comme tu as frémi! Ce frémissement de ton corps chéri a failli m'arracher un cri de plaisir. Pourquoi a-t-il fallu qu'à ce moment-là, la mère Armande, la plus mauvaise

83

langue du canton, nous ait regardées et se soit mise à chuchoter en ricanant avec ses commères? Va, ne crains rien, qui prêtera attention aux ragots d'une aussi mauvaise femme? Dieu merci, ni Charles ni Jean-Marcel ne se sont aperçus de quoi que ce soit.

Les souvenirs de ce bal m'aideront peut-être à supporter l'attente du départ de ta belle-mère.

Ma bien-aimée, garde ton amour à ton esclave dévouée,

Margot

2 février 1904

Ma petite Marguerite,

Ma belle-mère m'a grondée après le bal, parce que nous nous étions tenues comme des filles — ce sont ses paroles. Cela a fait rire Jean-Marcel qui a dit à sa mère qu'il préférait que j'aie une bonne-amie plutôt qu'un bon-ami. Mais cette réflexion m'a glacé le cœur. Ma petite chérie, il faut redoubler de prudence, nous sommes entourées d'ennemis et de méchants. Ne glisse plus tes cartes sous la porte ou dans la poche de mon tablier quand tu me croises. Je redoute une indiscrétion. Mets-les sous le pot de fleurs à l'entrée du jardin, en attendant de trouver une meilleure boîte aux lettres. Je souris en écrivant cela... la femme d'un employé des Postes!

Moi aussi le souvenir de ce bal me donne le courage de supporter la vie de tous les jours.

Je t'aime, sois prudente,

Marie

85

Je n'en peux plus, tu me manques trop. Viens
au-devant de moi, je t'en supplie, viens.

Ta malheureuse amante,
Daisy

5 février 1904

Pourquoi n'es-tu pas venue? Je me meurs. Pourquoi me faire tant souffrir? Si ce soir tu ne viens pas, j'irai te chercher chez toi — que m'importent ton mari, ta belle-mère, rien ne compte pour moi que de te voir.

A ce soir mon aimée,

Daisy

6 février 1904

Ma dame Marie,

Comment vais-je te trouver aujourd'hui, je n'ose me présenter devant toi, chère Marie, et pourtant je suis sûre de ton amour, même si tu es un peu méchante. Mais je t'excuse, tu souffrais tant, tu étais si agacée par ma venue. Il faut donc que tu m'aimes bien pour ne pas m'avoir rembarrée. Mais sais-tu, amie, que si tu as souffert, j'ai bien souffert aussi et que je dois, en revanche, bien t'aimer pour ne pas t'avoir tourné le derrière, à la figure que tu m'as faite tout hier. Mais laissons cela de côté et parlons d'autre chose. Écoute-moi, ne soyons pas fâchées. Je veux tout ce que tu veux. Au prix de bien des choses, je veux que tu sois heureuse. Ta volonté sera la mienne. Je t'obéirai, tu n'auras qu'à parler. Je voudrais t'offrir tout l'or de l'univers pour que tu n'aies plus à travailler, pour te voir sourire. Je voudrais me jeter à tes genoux, te demander grâce. Je voudrais te voir reine et à jamais être ton esclave, pouvoir toujours te suivre, te voir rire, t'écouter me parler serait le

88

plus grand bonheur. Je te prie de bien vouloir recevoir mes meilleurs baisers.

Ta toute dévouée,
Margot

Chère Marguerite,

Ne recommence plus jamais à me faire de telles peurs. Ton attitude de l'autre jour était inadmissible. Tu as bien vu que ma belle-mère se doutait de quelque chose. Alors pourquoi ce cadeau trop somptueux pour la bourse d'une ouvrière, ces regards appuyés et ces gestes langoureux? Je te renouvelle mon amour. Comme toi, je souffre de ne pouvoir te voir. Sois patiente, bientôt nous nous reverrons comme avant, ce n'est qu'une question de jours.
Prends pitié de moi, petite Margot.

A toi, à jamais,
Marie

8 février 1904

Chère Marie,

Pardonne-moi, cette séparation me rend folle.
Ne me gronde pas! Tes bonnes paroles me
manquent tant. Je n'ai plus goût à rien, j'ai été
rappelée à l'ordre deux fois cette semaine par
la contremaîtresse. A la troisième, j'aurai une
amende. Depuis le bal, Charles est plus gentil et
plus causant avec moi, il parle de vous inviter à
déjeuner un prochain dimanche. Qu'en penses-
tu?
Le cadeau que je t'ai fait était indigne de mon
amour, mais j'avais trouvé si beaux les cœurs
enlacés de la couverture que je n'ai pas résisté.
La papetière de Sauveterre m'a dit que c'était
un des derniers modèles sortis. Jure-moi que
seules mes cartes y sont rangées. De plus, l'al-
bum ferme à clef, c'est ce qui m'a décidée. Il
faut toujours enfermer ses secrets.
Je vais essayer d'être patiente. Je souffre tant
sans toi.

Ta dévouée et malheureuse,
Margot

10 février 1904

Ma bien-aimée,

Ne te plaisent-elles pas, ces cartes? Il me semble que c'est un peu notre image lorsque nous nous regardons. Que je t'aime ma chère Marie, mais aujourd'hui tu as l'air si peinée. Tu seras malade si tu ne te secoues pas un peu. Cela t'aura fait mal d'assister à cet enterrement, tu es si sensible, si impressionnable. Comme je regrette de ne pouvoir te parler et te cajoler en toute liberté. Qu'il me serait doux de te serrer dans mes bras. Tendre Marie, si tu savais comme je t'aime et t'ai aimée ces jours-ci. Oh, pour toi, que n'aurais-je fait! Que ne ferais-je pas si je sentais que tu désires quelque chose! Je voudrais tant quelques minutes de tête-à-tête avec toi. Je me sens si agacée, mais ne te tracasse pas trop, tu verras, je serai raisonnable. Tu vois, je lutte et je souffre, mais que pour toi, et parce que je t'aime. Oh, regarde-moi dans les yeux, tu y trouveras ce que mes lèvres ne peuvent te dire. Tout l'amour qui y est renfermé.
Un bon baiser.

Margot

Dimanche 14 février 1904

Viens vite, ma belle-mère est partie ce matin.
Jean-Marcel l'accompagne et rentrera tard.
Je t'aime,

Marie

Lundi 15 février 1904

Ma maîtresse adorée,

Merci pour ces moments de bonheur inouï, pour ces extases répétées, pour ces ivresses révélées. Merci de me lier à toi à jamais par le plaisir partagé. Merci d'être belle et bonne, merci de me parler, merci d'écouter mes folies. Oh mon aimée, que deviendrait ton esclave sans toi?

A jamais,
Daisy-Margot

Mardi 16 février 1904

Chère Margot,

Je viendrai au-devant de toi ce soir. Cela nous donnera plus de temps à passer ensemble. Je pense sans cesse à toi, moi aussi, mais je n'ai pas ton audace.

A tout à l'heure, ma petite fille adorée,

Marie

Chère Marie,

Que les nuits sont longues, mais ce n'est rien à côté des jours. A chaque instant les ouvrières me bousculent, se moquent de moi, parce que je ne participe pas à leurs jeux grossiers, n'écoute pas leurs confidences graveleuses et ne ris pas à leurs plaisanteries dont certaines, ma bonne Marie, te feraient rougir. Je me réfugie dans l'abrutissement des gestes mécaniques et je reste hébétée jusqu'à l'heure de la cloche. Dès la fin de la sonnerie, je me précipite sur mon vestiaire et cours vers toi. Toi sans qui je ne pourrais pas vivre. Tout le long du chemin qui me mène vers mon amour, le souvenir des brimades de la journée s'éloigne pour ne faire place qu'à la joie de nos retrouvailles. Quand je t'aperçois immobile sur le bord de la route, mon cœur s'envole vers toi, je ralentis le pas afin de mieux savourer le plaisir de voir ta chère silhouette. Oh mon aimée, sais-tu bien à quel point tu m'es chère? Combien j'ai besoin de la chaleur de ton corps et de la douceur de tes caresses? Quand enfin je te tiens dans mes bras, j'ai l'impression que je vais m'évanouir de bonheur. Oh Marie! Marie! je ne me lasse pas de murmurer ton nom. Si la route est déserte, je m'arrête, prise de peur, même si nous étions convenues de nous retrouver chez toi. Chaque jour je crains de te perdre, que tu ne m'aimes plus. J'ai tant besoin de te voir, de t'entendre. Ne m'abandonne pas. Si tu savais comme je souffre de devoir te partager. Je connais ton affection pour ton mari et ton souci de ne lui causer aucune peine. Va, je te comprends, mais cela me fait bien souffrir. Pardon de ce long gribouillis. N'y vois que mon désir de prolonger notre conversation de tout à l'heure.

Reçois, ma dame Marie, mes baisers les plus tendres et les plus fous,

Margot

Ma petite fille,

Jean-Marcel n'a pas dit non quand je lui ai demandé s'il m'autoriserait à aller en pèlerinage à Lourdes. De ton côté, tâte ton mari pour savoir ce qu'il en pense. J'ai une lointaine cousine qui tient un petit hôtel pas loin de la grotte. Par elle, nous trouverons à nous loger.

Ma chérie, je prie chaque jour pour la réussite de notre projet. Je n'en peux plus d'avoir tout le temps peur d'être surprise en train de nous embrasser ou de... tu sais ce que je veux dire.

Je ne pourrai pas te voir ce soir, ni demain. Ma belle-sœur vient avec son mari et ses enfants. Je n'ai pas pu refuser. Pardonne-moi. Je penserai sans cesse à toi. Reçois mes plus tendres baisers.

Marie.

Chère Amie,

Eh! que fais-tu aujourd'hui, ma chère ensorceleuse? Penses-tu à moi, à ton esclave, à celle qui ne demande qu'à te faire plaisir et à t'aimer davantage? Je t'aime, amie, tu le sais et sans cesse je te le répète, je dois bien t'agacer. Pardonne-moi alors, je ne sais ce que je dis ni ce que je fais. Prends pitié de moi. Je pleure depuis hier. Il me tarde de te revoir, mon adorée, de sentir tes lèvres contre les miennes. Ô mon aimée, comme j'ai envie de tes baisers! Je voudrais te parler aujourd'hui, trouve une raison, que j'aie plus de chance qu'hier. Viens chez moi, je veux te montrer la robe dont je t'ai parlé, pour voir si ça peut aller. Je t'en supplie, ne me refuse pas ou je me fâche. Pardonne-moi, je n'en peux plus, j'ai besoin de t'entendre, de te toucher. Je deviens folle, je t'en supplie, ne m'abandonne pas. Viens. Ton amour peut réchauffer mon cœur. Je t'en supplie. Si tu me suppliais, toi, je saurais t'écouter. Amie, viens, tu tiens ma vie entre tes mains. Je crois en effet que l'on ne peut souffrir autant sans mourir. Ô mon adorée, je t'aime,

Margot

24 février 1904

Ma bien chère Marie,

Cinq jours sans te voir, sans te serrer dans mes bras, sans sentir ton souffle adoré sur mes lèvres, je deviens folle. Ne comprends-tu pas que je ne peux vivre sans toi? Tu m'es aussi nécessaire que l'air que je respire. J'erre dans la maison, dans l'atelier, sur la route, suffoquée. Ne me laisse pas mourir étouffée par ton absence, victime de cet amour qui est la seule chose importante de ma vie. Pour lui, je suis prête à sacrifier mari et enfant. Et toi? Es-tu prête à tout me sacrifier? Non, je le vois bien, tu me préfères ta famille. Ah! je les hais tous. Oh, pardonne-moi! Tu n'aimes pas que je m'emporte à ce point. Mais que veux-tu, quand tu n'es pas là, quand je n'ai plus tes bonnes paroles pour me guider, je deviens folle et méchante.

Ce soir, je t'attendrai sur la route, viens, mon amour, viens,

Je t'aime,
Margot

Chère Margot,

Quelle peur j'ai eue quand j'ai vu surgir le père Antoine. Et toi qui ne voulais pas comprendre que nous n'étions plus seules. Heureusement qu'il y voit très mal et que la grange était sombre. Je ne veux plus que nous nous retrouvions dans cet endroit, plus jamais je ne m'y sentirai en sécurité. Te rends-tu compte du scandale si le père Antoine s'était aperçu de ce que nous faisions? Rien que d'y penser, je suis prise de tremblements. Je tiens à ma réputation d'honnête femme et de commerçante et ne veux pas compromettre l'avancement de Jean-Marcel.

Je suis toute retournée, comprends-moi, ma petite enfant. Je préfère que nous soyons quelque temps sans nous voir.

Ne m'en veux pas et crois en l'amour de ta pauvre

Marie

25 février 1904

Ma bien-aimée,

Calme-toi. Comme tu l'as remarqué, il faisait trop sombre dans la grange pour que ce vieillard presque aveugle ait pu nous voir.

Ne viens pas au-devant de moi ce soir, mais attends-toi à ma visite. Il faut mettre au point notre voyage à Lourdes. Comme tu le sais, Charles m'a donné son accord, mais nous avons beaucoup de choses à mettre au point. Mon aimée, n'aie pas peur, aie confiance en moi. Je t'aime tant. Ne pas te voir de tout un jour est une telle souffrance que tu ne peux me refuser ce bonheur.

A ce soir, mon amour,

Margot

Méchante Marie, comment as-tu pu me faire cela, à moi qui ne vis que pour toi? Pourquoi m'avoir fermé ta porte? Tu étais chez toi, je le sais. Je sentais ta présence derrière les rideaux tirés. Je les voyais frémir de ton souffle. N'entendais-tu pas les battements de mon cœur, et ces cris silencieux qui montaient vers toi?

Sois heureuse, tu vas être débarrassée de moi pendant quelque temps; la nourrice est malade, je vais chercher l'enfant demain. Je n'aurai plus une minute à moi entre la fabrique et les travaux de la maison.

Je suis trop triste et trop fâchée pour te pardonner cet abandon. Cependant, je t'aime,

Margot

Mardi 1er mars 1904

Ma petite Margot,

Donne-moi de tes nouvelles. Depuis ta dernière lettre, j'ai été bien souffrante, au point de ne pouvoir me lever. Viens me voir avec la petite.

Ton amie fidèle,
Marie

Ma chère Marie,

Quelle douceur dans ton regard quand tu regardais ma fille! Sais-tu que j'en étais jalouse. Va, ne ris pas. Je veux ta tendresse pour moi seule.

Comme je te l'ai dit, la nourrice est rétablie. Je lui conduirai son nourrisson dimanche.

Hier, ma belle-mère m'a donné de l'argent pour mon séjour à Lourdes. Grâce à elle, Charles a accepté l'idée de ce voyage. Il me reste à obtenir un congé de la fabrique. Cela risque d'être plus difficile.

J'ai hâte de t'avoir pour moi seule. Ta chère présence, tes caresses me manquent tant. Je voudrais me coucher à tes pieds comme un petit chien. Je t'aime.

Ton esclave à jamais,
Daisy

Samedi 5 mars 1904

Ma tendre enfant,

Moi aussi il me tarde de partir. Peux-tu passer chez moi en revenant de chez la nourrice? Jean-Marcel ne rentre qu'à la nuit tombée.
Je t'attends avec impatience,

Marie

7 mars 1904

Mon aimée,

Donne-moi encore des heures comme celles
que nous avons connues hier soir. Comment
peut-on allier tant de douceur à tant de violence?
Je me sentais fondre sous tes doigts quand nos
gémissements mêlés s'étouffaient contre nos
lèvres. Oh le plaisir ne peut être qu'un don de
Dieu! qu'une approbation de notre amour.
Jamais je n'ai éprouvé cela, jamais. Et toi? As-
tu connu de telles extases? Non, je suis sûre que
non. Oh mon aimée, remercions le Ciel de ce
bonheur qu'il nous offre. Ces heures me donnent
le courage d'affronter les ouvrières de la fabrique
qui vont encore se moquer de mes yeux cernés
et de mon air rêveur. C'est vrai, quand je suis
avec elles, je ne pense qu'à toi, je revois les
merveilleux moments passés ensemble et je rêve
de ceux qui nous attendent.
Garde-moi ton amour.

A jamais,
Daisy

9 mars 1904

Mon amour,

Cela n'a pas été sans mal, mais j'ai obtenu un congé de dix jours à partir du 17 avril, qui est un dimanche, ce qui nous permettra de profiter des conditions de voyage des pèlerins de la région. Vois si cela convient avec ta cousine.

Oh que je suis heureuse! Tout se combine bien.

A demain, mon aimée, puisque tu m'as interdit ta porte pour ce soir.

Tu vois, je deviens raisonnable. Je ne crie pas, je ne pleure pas, je t'obéis comme doit le faire

ton esclave,
Margot

Ma douce enfant,

Cette mauvaise fièvre me laisse sans force. Pardonne-moi. Hier soir, j'ai dû te sembler bien lointaine, mais cette toux m'épuisait. Ton bouillon était délicieux. Je me suis sentie mieux après l'avoir bu. Viendras-tu soigner ta pauvre malade ce soir? Donne ta réponse à Mariette. Je lui ai demandé de l'attendre.

Ton aimée,

Marie

Bonne et tendre Marie,

Bien sûr que je viendrai ce soir. Comment peux-tu croire que je laisserais quelqu'un d'autre s'occuper de toi? J'ai dit à Charles que je resterais tard, car tu avais besoin de moi. Il a très bien compris. Ce n'est pas un mauvais homme, dans le fond. Depuis quelque temps, il est plus affectueux.

A tout à l'heure mon amour,

Ta toute dévouée,
Margot

Ma chère Margot,

Ce soir tu ne viendras pas. J'en profite pour
t'écrire et te dire toute ma reconnaissance pour
ta bonté. Mon mari ne tarit plus d'éloges sur
toi : cette bonne Marguerite!... quelle brave fille,
quelle admirable cuisinière, et jolie avec ça... Tu
as été droit à son cœur en passant par son esto-
mac. Il se réjouit de notre amitié et de notre
pèlerinage à Lourdes.

Grâce à toi, je vais regretter de ne plus être
malade tant c'était doux d'être dorlotée par toi,
d'écouter le son de ta jolie voix quand tu me
lisais le feuilleton du journal.

Remercie bien ton mari de sa patience. Le
mien veut lui offrir une bouteille d'eau-de-vie
en dédommagement. Moi, je te donne mon
amour et mes tendres baisers.

Ta reconnaissante,
Marie

J'espère que ta migraine est passée.

18 mars 1904

Mon aimée,

C'est à mon tour d'être alitée. Quarante degrés de fièvre m'ont terrassée depuis ma dernière visite. Avant-hier, la fièvre est tombée. Je vais un peu mieux. C'est ma belle-mère qui me soigne, qui a prévenu la fabrique et te portera mon petit mot. Et toi Marie, mon amour, comment vas-tu? J'enrage d'être clouée au lit et de ne pouvoir m'occuper de toi. Il paraît que dans mon sommeil je t'appelle. Cela ne m'étonne pas, dès que j'ouvre les yeux je pense à toi.

Écrire me fatigue beaucoup. Sache cependant que tu n'as pas d'amie plus tendre, plus fidèle, plus aimante que ta pauvre

Margot

Charles a été très touché par le cadeau de ton mari. Remercie-le pour nous.

Ma chère petite Margot,

Dès que ta belle-mère m'a dit que tu étais malade, j'ai voulu me lever pour accourir auprès de toi. La brave femme et ma cousine m'en ont dissuadée. D'ailleurs, mes jambes auraient refusé de me porter. Ma pauvre chérie, c'est de ma faute, tu as attrapé mon mal. Pardonne-moi, mon petit. Je t'en supplie, laisse-toi soigner. Prends bien tes potions et surtout n'attrape pas froid. Quel que soit mon état, je viendrai te voir dimanche. Prends patience jusque-là.
    Celle qui t'aime,

                                                    Marie

19 mars 1904

Chère, chère Marie,

J'ai glissé ta lettre sous ma chemise. Au début, le papier irritait ma peau; maintenant, la chaleur aidant, je ne le sens plus.

Comme je vais beaucoup mieux, je me suis arrangée pour être seule dimanche après-midi. Charles va chercher, dès l'aube, son patron à la foire de Montauban et j'ai convaincu ma belle-mère d'aller passer l'après-midi auprès de la petite. Nous aurons donc toute une demi-journée à nous seules. Si tu savais la joie que j'attends de ce moment! Comme il me tarde de te serrer contre moi, de sentir ton souffle adoré, d'entendre tes bonnes paroles, de couvrir ton beau corps de ces caresses que tu aimes tant. Tout le mien s'enflamme à cette idée. Oh mon ensorceleuse, te souviens-tu de ces instants merveilleux où le plaisir nous emportait si loin que nous souhaitions mourir? Marie, ma bonne Marie, comme tu me manques! Que le temps va me sembler long jusqu'à demain.

Je baise tes lèvres,

Margot

115

Sais-tu bien, ô maîtresse adorée, que tu as sur moi un pouvoir total. Quand tu es entrée hier dans ma maison, encore pâlie de ta maladie, mon cœur s'est arrêté de battre. Chacun de tes mouvements le faisait repartir avec une violence qui me donnait des tremblements. « Qu'as-tu? » as-tu murmuré avec cette voix qui me retourne toute et m'entraîne à tes genoux. J'ai résisté à tes efforts pour me relever. La place d'une esclave n'est-elle pas aux pieds de sa maîtresse? « Folle, chère petite folle, disais-tu en serrant ma tête contre ton ventre, en caressant mes cheveux. Oh Marie, Marie, je tremble à nouveau en écrivant cela, à travers tes vêtements je sentais ta chaleur, tu n'as pas bougé quand mes mains se sont glissées sous ta jupe, tu as frémi quand mes doigts ont écarté la fente de ton pantalon. Lentement, ton ventre s'est mis à onduler sous mes caresses, puis de plus en plus vite, tu t'agrippais à mes cheveux, les tirant à toi si fort que des larmes me montaient malgré moi aux yeux, bientôt mon chignon s'est défait, tu as poussé un cri de victoire. Bras et jambes

116

emmêlés, nous nous sommes retrouvées allongées sur le sol froid devant la cheminée d'où le feu lançait ses éclairs. Mon visage a forcé l'intérieur de tes cuisses. Je voulais boire à cette source que mes caresses avaient fait jaillir. Je te bus!... Je te bus comme l'explorateur perdu dans le désert boit à la gourde du bédouin. Ah liquide divin qui enivre le cœur de l'amante! philtre magique qui enchaîne à jamais. Marie, ma reine! ma maîtresse! quand tu as crié, j'ai resserré mes jambes sur un bonheur si grand, tant j'avais peur qu'il ne s'échappe!

Tu t'es assoupie. Quelle joie de contempler à loisir les traits de son aimée! Tes lèvres entrouvertes appelaient le baiser, ton cou en sueur les morsures, j'ai profité de ton sommeil pour te déshabiller. Je te voulais nue, entièrement nue. J'ai failli prendre les ciseaux, tant ma hâte me rendait maladroite à défaire les cordons de ton corset. Je ne t'ai laissé que tes bas qui, roulés à tes genoux, soulignaient la blancheur de ton corps presque autant que l'épaisse fourrure noire abritant ce lieu sacré où mes lèvres vont boire.

Que c'est beau un corps de femme! aucune de ces rudesses qui déparent celui de l'homme. Je me suis dévêtue aussi, je me suis allongée sur toi, frottant les pointes érigées de mes seins contre les tiens. Comme ils se sont dressés, les coquins! Tu as ouvert les yeux et tu as dit : j'ai froid. Je ne sentais rien. Je t'ai aidée à te relever

117

et nous sommes allées nous glisser dans le lit, sous le gros édredon rouge. Jusqu'au soir nous nous sommes baisées, caressées, oubliant ce qui n'était pas nous. C'est toi qui as entendu les six coups de l'horloge au clocher. Avec quelle hâte nous nous sommes rhabillées. Les draps que j'avais changés le matin même étaient si chiffonnés, si humides que nous avons dû les retirer. Heureusement que j'en ai trois paires. A nous deux, le lit a été vite refait. Nous venions à peine de rajuster nos chignons quand Charles et son patron sont arrivés. Nous sommes devenues toutes rouges quand il a dit : « Qu'est-ce que ça sent, ici ? » J'ai couru ouvrir la fenêtre. N'as-tu pas remarqué comme le patron nous regardait d'un drôle d'air ?

Ce matin, tes volets sont restés fermés. Tu n'es pas souffrante, au moins ? Vivement que je puisse sortir. Quoique la fièvre soit revenue, je refuse de me coucher. Ma belle-mère me traite de tête de mule, cela me fait rire.

Ma chère et douce Marie, je t'aime à jamais.

Margot

118

Mardi 22 mars 1904

Ma chère petite Marguerite,

Tu es folle d'avoir remis une telle lettre à ta belle-mère. Si tu avais vu l'air avec lequel elle me l'a tendue, en disant : « Je me demande ce que deux femmes ont tant à se raconter ! » Je te l'ai déjà dit : ne m'écris plus jamais de telles choses.

Te rends-tu compte de ce qui serait arrivé si elle avait eu la curiosité de la lire ? Tu es vraiment une enfant. Ce que nous faisons est contre la morale et contre nos maris. Qui pourrait comprendre que nous nous aimons véritablement ? Personne. Nous serions la risée du village, la honte de nos familles et sans doute chassées de nos maisons. Ce n'est pas ce que tu veux, non ? Alors, je t'en supplie, sois prudente par amour pour moi. Tout comme toi, ce matin j'avais de la fièvre. C'est pour cela que je n'ai pas ouvert mes volets. Laisse-toi soigner pour guérir plus vite.

Je remets cette lettre à la petite Mariette, mais ce sera la dernière avant que je ne sois complètement sur pieds. De ton côté, *ne m'écris plus* jusqu'à nouvel ordre.

Ne m'en veux pas. Je fais cela pour notre sécurité à toutes les deux. Ne doute pas de mon amour, c'est lui qui m'impose cette prudence.

A bientôt, mon enfant adorée,

Marie

24 mars 1904

Marie,

Ton amour n'est pas aussi fort que le mien.
Il recule à l'idée d'être surpris, et alors? S'il
s'étalait à la face de tous, crois-tu qu'il ne sor-
tirait pas vainqueur des sarcasmes, des quolibets,
des méchantes paroles et peut-être même des
coups? Moi, je sais que pour l'amour de toi je
peux tout endurer, sauf que tu ne m'aimes plus.
Cette seule pensée me donne envie de mourir.
Car, vois-tu, moi, je ne vis que pour cet amour.
Je ne supporte mon mari, la fabrique, ce village,
ces gens, que parce que tu es là, dans la maison
en face de la mienne, où je peux t'imaginer
cousant, cuisinant, lisant. C'est cela qui me donne
la force d'être raisonnable, comme tu dis, alors
que je n'ai qu'une envie, crier : « Regardez tous,
la voilà la femme que j'aime, dont je suis l'épouse,
l'amante, l'esclave à jamais. Voyez comme nous
sommes belles, libres, au-dessus de vos lois »! Moi
qui croyais que toi, la plus instruite, tu serais la
plus forte! Oh mon aimée, je suis si triste quand
je n'entends pas tes bonnes paroles, quand je ne

121

vois pas ton joli visage. Ne me gronde pas pour cette lettre. Mariette est un messager sûr.

Je vais mieux. J'espère pouvoir sortir demain et me traîner jusqu'à chez toi.

Ton esclave à jamais,
Margot

Samedi 26 mars 1904

Maîtresse adorée,

Comme ton accueil était froid! Je veux bien te pardonner pour cette fois, car tu avais l'air lasse, et cette maudite bonne du curé qui n'en finissait pas avec ses bavardages : « Et monsieur le curé par-ci, et monsieur le curé par-là... » A son âge, a-t-on idée de vouloir se faire faire une blouse à volants! L'arrivée de ton mari a mis un point final à ma visite. Je reconnais qu'il a été charmant, que le vin qu'il m'a servi pour me redonner des couleurs était bon, mais je n'avais qu'une envie : qu'il aille au diable. J'ai donc dû te quitter sans avoir baisé tes lèvres chéries. Après le départ de ton mari, je glisserai cette lettre sous ta porte.

Essaie, je t'en supplie, de trouver un moment pour venir me voir demain. Je retourne à la fabrique lundi. La contremaîtresse est passée, disant qu'on ne pouvait garder plus longtemps ma place libre. Ce n'est pas le moment de chômer. Déjà que ma maladie m'a coûté cher, et que j'ai besoin de tout mon argent pour notre voyage.

Ne t'inquiète pas. Je suis guérie et maintenant il fait beau. Je t'aime plus que jamais,

Margot

Lundi soir 28 mars 1904

Mon aimée,

Tu étais si lointaine hier, c'est à peine si j'ai
pu effleurer tes lèvres adorées. Qu'as-tu? Tu
avais l'air si triste. Est-il arrivé un malheur dans
ta famille? As-tu de mauvaises nouvelles de ta
cousine de Lourdes? Je t'en supplie, parle-moi.
J'imagine le pire. J'ai si peur de te perdre. Oh,
je souffre tant à cette idée.
J'espérais, malgré ta fatigue, te voir venir à
ma rencontre, mais la route était vide. Je ne t'en
veux pas, mais cette première journée de travail
a été bien dure...
J'écris ce mot pendant que cuit la soupe.
Charles n'est pas encore rentré, tout est trop
calme. Par la fenêtre, je vois ta maison; te savoir
si près et être si loin de toi – puisque tu n'es pas
dans mes bras – m'est insupportable. Reprends
vite des forces, mon amour.

Ta toute dévouée,
Margot

Mardi 29 mars 1904

Ma chère Margot,

   Pardonne-moi. J'ai des ennuis en ce moment.
Je dois demain aller à Bordeaux. Je serai de
retour dans deux jours. Ne t'inquiète pas pour
notre voyage à Lourdes, tout va bien de ce côté-
là. Dès mon retour, je passerai te voir.
   Aie confiance en moi et crois en l'amour de

                                    Marie Salat

126

Bordeaux, le 30 mars

Ma chère Margot,

Cette jolie carte pour te montrer que je pense
à toi et que tu me manques.

Ton amie dévouée,
Marie Salat

Vendredi 1er avril 1904

Cette carte avec son gros poisson d'avril me paraît très bien convenir en réponse à la tienne. Tout me semble, depuis quelque temps, une farce triste.

Ta pauvre abandonnée,
Daisy

128

Mardi 5 avril 1904

Ma belle lointaine,

Pardonne-moi ce vilain papier, mais c'est tout ce que j'ai trouvé pour t'écrire ces quelques lignes pendant la pause. Je me suis réfugiée sous un hangar pour être tranquille, aussi je n'ai que mes genoux pour pupitre, ce qui explique ma mauvaise écriture.

Je te sens loin de moi depuis ton voyage à Bordeaux. J'ai l'impression que tu me caches quelque chose. Tu n'es pas gravement malade, au moins? Je te trouve aussi pâle que pendant ta maladie. Tu sais que tu peux tout me dire. N'as-tu pas confiance en celle qui t'aime plus que tout, qui est prête à tout pour toi, à tuer même? Je suis ton esclave à jamais, ordonne et j'obéirai, mais ne me laisse pas dans l'ignorance de ce qui te concerne. Parle-moi. Il ne doit rien y avoir de secret entre nous.

Je compte les jours qui nous séparent de notre voyage. Ô mon amour, je rêve de ce moment où nous nous retrouverons seules, sans la crainte de voir surgir nos maris.

La cloche de la reprise du travail vient de sonner. Je passerai te remettre cette lettre ce soir. J'espère que tu seras seule.
Parle-moi

Ta toute dévouée,
Margot

Dans la nuit du 5 au 6 avril 1904

Ma chère Marie,

Ta froideur me glace. Qu'ai-je fait pour que tu me traites ainsi? En quoi ai-je démérité à tes yeux? Explique-moi, explique-toi, je deviens folle de douleur. Ne laisse pas cette folie se développer, tu sais que je suis capable de tout. Maîtresse adorée, ton esclave exige un mot d'explication. Si tu ne m'aimes plus, aie le courage de me le dire, j'en mourrai, mais j'ai le droit de connaître la vérité.

Je t'attendrai ce soir *sans faute* devant notre grange. Ne t'avise pas de ne pas y être, sinon je ne réponds plus de rien.

Celle qui t'aime plus que tout,
Margot

Méchante Marie,

Pourquoi me faire tant souffrir ? Je ne te savais pas coquette à ce point. Quoi ! ce serait pour voir la force de mon amour que tu aurais joué cette comédie ? Comment peux-tu être à ce point cruelle : t'amuser de cet amour que tu as fait naître et que tu partages ! Je ne comprends pas ! Ne recommence jamais plus, mon cœur se briserait !

Comme tu as bien su, par tes caresses, me faire oublier ces affreux jours ! Mais pourquoi tant de pudeur quand mes lèvres ont baisé ta bouche secrète ?! On aurait dit que c'était la première fois. Il a fallu toute mon habileté et toute mon obstination pour t'arracher ces gémissements de plaisir qui décuplent le mien. Pourquoi ces larmes après ? Que tu es bizarre, mon ensorceleuse !

J'espère te voir ce soir sur la route ou chez toi.

Je t'aime, mais je t'en supplie, ne joue plus ainsi avec moi.

Margot

Jeudi 7 avril 1904

Chère Margot,

Ce petit mot glissé sous ta porte pour te dire que je n'ai pas pu venir au-devant de toi, mais que je passerai te voir en sortant de chez Madame Dufaury, qui est souffrante.
Pardonne-moi pour tout.

Celle qui t'aime,
Marie Salat

Mon aimée,

C'était bien doux et bien mélancolique de t'avoir chez moi l'autre soir. Nous avons bavardé calmement. J'aime tant t'écouter parler, tu sais tant de choses, j'étais si subjuguée par tes propos que j'en ai oublié mon souper. Heureusement qu'il me restait un pot de confit de canard que tu m'avais donné! Charles s'est régalé en demandant en quel honneur je lui servais un tel balthazar.

Hélas, ce bon repas l'a rendu tendre et j'ai dû céder à mon devoir d'épouse. Ah, maudit soit l'état de femme mariée! Plus que huit jours avant notre départ! Quel vêtement dois-je emporter pour une semaine? Je ne sais vraiment pas. Quand nous serons là-bas, j'en profiterai pour m'acheter une paire de chaussures, j'en ai vraiment besoin. Même celles que je réserve aux dimanches sont dans un triste état. Tu m'aideras à les choisir.

Demain, je vais voir la petite. Je passerai t'embrasser en rentrant. Je ne vis plus que dans l'attente du départ.

Garde-moi ton amour,
Margot

Ta porte était close, nulle lumière! J'ai veillé toute la nuit à ma fenêtre dans l'attente d'une lueur, d'un mouvement. Rien n'est venu troubler ce sombre silence. Que se passe-t-il? Où es-tu? Où est ton mari? J'ai peur!

Le jour se lève, il va me falloir partir au travail. Je t'en supplie, cesse de me faire souffrir. Prends pitié de moi. J'ai la mort dans l'âme et nulle prière à la Vierge Marie ne vient apaiser ma douleur.

Ton amante désespérée,
Margot

Ma petite enfant,

Je sais le mal que je te fais, pardonne-moi. Plus tard, tu comprendras. Je souffre aussi. Il me faut toute la force de mon amour! Aie confiance en moi. Je fais tout pour que nous puissions partir.

Pardonne à ta pauvre

Marie Salat

Jean-Marcel est à Mont-de-Marsan pour deux jours.

Lundi 11 avril (à midi)

Chère Marie,

Je ne comprends pas! Ne peux-tu me dire ce qu'il se passe? Pourquoi ces mystères? Je redoute le pire...

Quand la grande Coiffard m'a remis ta lettre, j'ai failli m'évanouir. A mes questions, elle ne savait que répondre : « J'sais pas, moi! » La bête! Tu m'écris comme si notre voyage était compromis. Dis-moi la vérité! Mais dis-la vite, surtout si c'est une mauvaise nouvelle! Ne me fais pas languir!

Je ne sais pas d'où tu écris, mon aimée. Parle-moi, rassure-moi. J'ai tant besoin de toi, de te voir, de te toucher, de respirer le même air que toi.

Je crie vers toi, entends-moi!

Celle qui t'aime malgré tout,
Margot

Mardi 12 avril 1904

Ma chère Marie,

J'avais l'enfer dans le corps, hier soir. J'étais prête à éclater, à crier ma douleur. Mais, au bout d'un instant, j'ai repris courage et force et, luttant avec acharnement, j'ai triomphé! Chère Marie, j'ai travaillé, bien travaillé jusqu'à onze heures et Charles est arrivé. Nous avons prolongé la veillée jusqu'à minuit passé, causant gentiment. Il m'a procuré un réel plaisir, je te dirai comment. Aujourd'hui, ça ne va pas, je me sens mal. Pourquoi? Je ne puis que trop me l'expliquer. Il me tarde de te voir et ta fenêtre est toujours close. Ouvre-la bientôt, car je souffre. Il me semble qu'un ennemi me guette. Tu me manques trop! J'ai tant besoin d'être rassurée!

Ta toute dévouée,
Margot

Mercredi 13 avril 1904

Ma petite Margot,

Enfin une bonne nouvelle! Ma cousine m'a confirmé que nous aurions une belle chambre et qu'elle nous offrait le petit déjeuner. Elle nous recommandera à la patronne d'un restaurant bon marché qui tient table d'hôte. Plus que quatre jours de patience! Après nous oublierons tout... Je rentre ce soir, passe me voir si tu veux en rentrant de ton travail.

Ton amie à jamais,
Marie Salat

Jeudi 14 avril

Bien-aimée,

Quelle peur tu m'as faite, cruelle! Je n'ai pas bien compris les raisons de ton absence, mais j'ai confiance en toi, en ton amour. C'était si fort et si doux d'être à nouveau contre toi, de sentir la chaleur de ton corps, que je n'avais d'autre désir que d'être là à jamais.

Je n'entendais pas le sens des mots que tu disais, mais seulement leur musique. Parle, parle-moi encore et toujours, ta voix m'apaise, m'apporte le bonheur.

Je suis si pleine de toi, tu es si présente en moi, maîtresse adorée, que je ne sais quoi te dire, si ce n'est que je suis maintenant et toujours

Ton esclave,
Daisy

Vendredi 15 avril

Ma maîtresse,

Je ne suis qu'attente... Attente de l'heure de notre départ! Mon impatience a fait rire Charles qui m'a dit l'autre soir : « Comme tu as l'air heureuse de me quitter. » Cette réflexion m'a serré le cœur. Ah, s'il savait combien j'ai hâte de voir disparaître tout ce qui m'entrave ici et me retient prisonnière!

J'ouvre chaque jour ma valise pour voir si je n'ai rien oublié, si mon linge le plus frais n'est pas froissé, si la chemise que je t'ai brodée n'a pas glissé de son papier de soie. Ah mon aimée! que nous allons être heureuses, libres enfin de nous aimer, de dormir ensemble!

Encore une journée de travail, elle va me paraître bien longue.

A toi, mon adorée,
Margot

Ma petite Margot,

Je passerai ce soir pour voir si tout est en ordre de ton côté. Jean-Marcel a emprunté la voiture du maire pour nous conduire à la gare de La Réole. Sois bien à l'heure car nous devons partir à cinq heures. Ne t'occupe pas des provisions de route, nous avons de quoi soutenir un siège.

Ma douce enfant, je ne te dis pas mon bonheur, tu le connais.

Ton amie dévouée,
Marie Salat

Lundi 25 avril 1904

Marie, mon amour!

Ma vie ne suffira pas à te remercier de ces heures de bonheur que nous avons connues ensemble! Grâce à ce souvenir, mes jours en seront comme illuminés. Je ne t'ai pas assez dit la joie de me réveiller auprès de toi, de contempler ton beau visage endormi, marqué du plaisir de nos folles nuits.

Hier encore nous dormions dans les bras l'une de l'autre. Je souffre déjà de ton absence et la présence de Charles me fait mesurer tout ce que je perds. Remercions cependant nos maris qui nous ont permis, sans le savoir, de nous aimer loin d'eux. La reprise du travail a été dure, mais je puise en notre amour la force de tout affronter. Tes larmes, en me quittant, m'ont bouleversée. Faut-il que je te sois chère pour t'oublier ainsi devant des tiers, toi si fière et si forte! Que crains-tu? Rien, jamais, ne pourra nous séparer. Notre amour est de ceux qui défient les hommes et le temps.

J'espèrais t'apercevoir ce soir, mais tout reste

sombre chez toi. Je sortirai tout à l'heure glisser ma lettre à la place habituelle. Viendras-tu au-devant de moi, demain soir?

Bonne nuit, mon aimée, je vais remercier la Vierge de Lourdes pour tout ce qu'elle nous a donné. Je ne blasphème pas en disant cela, tu le sais. Souviens-toi avec quelle ferveur nous avons suivi les processions, dit le rosaire. Dieu aime ceux qui s'aiment, il ne peut être ennemi de notre amour puisque c'est Lui qui l'a mis dans notre cœur.

Maîtresse adorée, je baise tes lèvres,

Ta Daisy, enfin apaisée.

Ma chère petite Margot,

Quand tu recevras cette lettre, je serai loin de toi à jamais. Pardonne-moi la peine que je vais te faire, mais si cela peut l'adoucir, sache que je souffre au moins autant que toi.

Je veux te dire, avant que tu ne lises ce qui va suivre, que ces jours passés avec toi resteront les plus beaux de ma vie et que je me suis efforcée durant ce temps de ne penser qu'à nous.

Voilà! Que c'est dur à dire! Je t'ai menti! Depuis trois mois, je te mens. Je suis enceinte. Pardon! Oh pardon!... Ce n'est pas tout, tu vas souffrir plus encore : je quitte Blasimon. Mon mari est nommé à la poste de Saint-Symphorien, dans les Landes. Je l'ai appris une semaine avant notre départ. Jean-Marcel voulait que j'annule notre voyage, à cause des préparatifs de déménagement. J'ai refusé. Il n'a pas osé me contrarier à cause de mon état et je lui avais fait promettre de ne rien dire. Les déménageurs viendront demain enlever le mobilier.

Ne m'en veux pas, essaie de comprendre. Cet

enfant est un signe que Dieu nous envoie. Il veut que nous rentrions dans le chemin naturel. J'espère que la colère que tu éprouves en lisant ces lignes t'aidera à surmonter ton chagrin, à m'oublier peut-être.

Il ne pouvait rien advenir de bon de cet amour qui, s'il avait été connu, aurait été pour nous une source de malheurs. Crois-moi, il vaut mieux qu'il se termine ainsi. D'ici quelque temps, nous n'y penserons plus, nous en rirons peut-être, et alors nous pourrons nous voir comme deux femmes normales.

Pardonne à celle qui t'aime encore et qui ne t'oubliera jamais,

Marie Salat

Marie!...

Je suis une femme normale! J'ai mal. Depuis que j'ai reçu ta lettre qui me tue, j'erre dans ma maison, me cognant aux murs, m'arrachant les cheveux, me griffant le visage. Comment peux-tu me tuer aussi lâchement, toi qui, il n'y a pas si longtemps, gémissais de bonheur entre mes bras, toi qui allais au-devant de mes caresses et me rendais les miennes avec usure, qui faisais des projets d'avenir? Menteuse! Sale menteuse! Tu as sali notre amour, tu l'as trahi! Mais ne vois-tu pas que c'est toi que tu trahis, pauvre folle! Que va-t-il t'apporter, ton postier de mari qui n'a même pas été capable, en trois ans de mariage, d'arracher un cri à ton corps endormi? Des enfants? Pouah! Comment peux-tu désirer porter des enfants, alors que tu étais pleine de mon amour? Je te hais! tu me dégoûtes.

Toi qui lisais des livres, qui parlais de la liberté des femmes, je te croyais au-dessus de ces médio-crités paysannes. Je me trompais. Oh comme je me trompais! Tu n'es qu'une bonne femme comme les autres, pire que les autres parce que tu as de l'instruction. A quoi ça sert, alors, les livres, si ça ne donne pas un esprit plus grand? Tu n'as rien appris, ma pauvre fille, ou alors les livres mentaient.

Par la fenêtre, je vois ton mari donner des ordres. Je me retiens pour ne pas aller lui dire qui tu es vraiment, que tu es ma maîtresse et qu'il est cocu. Si je ne le fais pas, ce n'est pas pour toi, c'est par dignité envers moi-même.

Marie, ô Marie! Pourquoi? Tu m'aimais, pourtant! Tu ne pouvais pas mentir à ce point-là! Je t'en supplie, dis-moi que tu m'aimais, que les mots que tu disais étaient vrais. Dis-le-moi, que je meure avec cette certitude.

Margot

148

30 août 1904

J'émerge seulement d'une grosse fièvre qui a fait craindre pour ma raison. Aujourd'hui seulement, je peux prendre la plume pour te dire que, malgré la souffrance infligée par ta trahison, je t'aime et t'aimerai toujours. Ne crois pas que je te pardonne, jamais je ne te pardonnerai ton mensonge et cette trahison. Je t'aime malgré moi et ton absence me tue.

Je n'ai plus la force de tenir la plume.

Si tu as encore un peu d'amour pour moi, donne-moi de tes nouvelles,

Margot

Saint-Symphorien,
le lundi 5 septembre 1904

Ma chère Margot,

Je n'ai pas répondu à tes lettres car je ne voyais rien à dire. Si ce n'est que tu as raison et que je me suis mal conduite envers toi. Mais ne doute pas de ma sincérité, de mes sentiments. Ils étaient aussi vrais, aussi forts que les tiens.

Je réponds à ta lettre du 30 août dans laquelle tu me dis être malade. Mon petit, par pitié, reprends-toi, ne te laisse pas abattre. Tu es si jeune, tu oublieras. Pense à ta fille, pense à ton mari. Ils sont ton avenir. Ensemble, nous n'aurions connu rapidement que honte et déchéance, et alors nous nous serions haïes. Crois-moi, il vaut mieux que notre belle histoire se termine ainsi. Ne m'écris plus. Je ne répondrai pas à tes lettres.

Essaie de me pardonner. Adieu.

Ton amie,
Marie Salat

Sois tranquille, je ne t'importunerai plus avec mon amour. Après ces jours de fièvre et de souffrance, je me suis retrouvée vide, sans pensées, presque sans souvenirs. Je prie la Sainte Vierge pour que cela continue.

Comment un amour comme le nôtre peut-il connaître une fin aussi lamentable? Tout va redevenir comme avant, nous allons reprendre chacune notre petite vie comme si de rien n'était. Je n'ai même plus la force de me révolter. Quelque chose en moi est mort.

Adieu,
Margot

Saint-Symphorien, le 25 octobre 1904

Ma chère Marguerite,

J'ai eu un beau petit garçon. Il s'appelle Bruno. J'ai appris que tu attendais un autre enfant pour le mois de janvier. Je suis si heureuse pour toi, cela fera un compagnon pour ta fille, et comme ça tu pourras arrêter de travailler. Jean-Marcel se joint à moi pour te saluer ainsi que ton mari.

C'est en souvenir de notre affection que je romps le silence que je m'étais imposé. Tu me fais peur. Reprends-toi. J'ai appris que ton mari avait trouvé une place du côté de Bazas et que vous alliez vous installer là-bas. Tu verras, rien de tel qu'un changement de lieu pour aider à oublier.

Ma nouvelle demeure est vaste et claire, mais en très mauvais état. Cela me demande beaucoup de travail.

Crois en mon amitié la plus sincère,

Marie Salat

Bazas, le 18 novembre 1904

Chère Marie,

Je suis très heureuse pour toi et ton mari. Je n'ai pas repris de travail. Je brode à domicile pour un marchand de la ville. Charles est très heureux d'avoir un autre enfant et la petite parle déjà de son petit frère. Notre logement est plus convenable que le précédent. La vie est ici bien monotone, mais heureusement le temps passe vite et quand tu me manques trop, je vais prier à l'église.

Je t'embrasse de toute mon âme,

Marguerite

Bazas, le 30 janvier 1905

Ma chère Marie,

C'est un petit garçon. Il pesait quatre kilos à la naissance. Tu vas rire, j'ai l'impression qu'il te ressemble. Nous l'avons appelé Jean-Marie. J'aimerais te le montrer un jour. Comment va le petit Bruno? Il faudra qu'il fasse connaissance avec mon Jean-Marie.

Charles vous envoie ses salutations,
Je t'embrasse affectueusement,

Ton amie,
Marguerite

154

Bazas, le 29 mai 1905

Ma chère Marie,

Oh que je suis heureuse! Tu me manquais tant!
Le facteur m'a dit que tu venais sans doute
dimanche prochain. Tant mieux, comme je me
sens plus forte, plus courageuse! Tu vas arriver,
je vais te revoir, je vais t'embrasser, quelle joie!
Merci à ton mari du bonheur qu'il te permet de
me donner. Je prie Dieu qu'il le récompense. Je
t'attends avec impatience. Ce matin, tu as dû recevoir ma carte, j'avais peur que tu ne puisses venir.
Mais puisque ta belle-mère est décidée à faire le
voyage, profites-en, nous t'attendons avec joie.
    Si nos cartes se croisent, tant pis, réponds
toujours à celle-ci. A quelle heure viens-tu? Si
j'osais, je te demanderais de venir par le train
de dix heures. Tu pourrais ainsi assister aux
Vêpres près de moi, si tu le désires. Quelle joie
de t'avoir à mes côtés pendant la cérémonie!
    A dimanche. Mes affectueux baisers à tous.
    Je t'aime et t'embrasse de toute mon âme.

                    Ton amie dévouée,
                    Marguerite

DU MÊME AUTEUR

Aux Éditions Fayard

BLANCHE ET LUCIE, roman.
LE CAHIER VOLÉ, roman.
CONTES PERVERS, nouvelles.
LES ENFANTS DE BLANCHE, roman.

Aux Éditions Jean-Jacques Pauvert

O M'A DIT, entretiens avec l'auteur d'HISTOIRE D'O.

Aux Éditions Jean Goujon

LOLA ET QUELQUES AUTRES, nouvelles.

Aux Éditions du Cherche-Midi

LES CENT PLUS BEAUX CRIS DE FEMMES.

Aux Éditions Garnier-Pauvert

LÉA AU PAYS DES DRAGONS, conte et dessins pour enfants.

Aux Éditions Ramsay

LA BICYCLETTE BLEUE, roman.
101, AVENUE HENRI-MARTIN (LA BICYCLETTE BLEUE, tome 2).
LE DIABLE EN RIT ENCORE (LA BICYCLETTE BLEUE, tome 3).
L'APOCALYPSE DE SAINT JEAN, dessins pour enfants.

En préparation :

LE LIVRE DU POINT DE CROIX, en collaboration avec Geneviève Dormann.

A paraître :

L'ANNEAU D'ATTILA.
JOURNAL D'UN ÉDITEUR.
UNE JEUNE FEMME LAMENTABLE.

CET OUVRAGE A ÉTÉ COMPOSÉ
ET ACHEVÉ D'IMPRIMER SUR ROTO-PAGE
PAR L'IMPRIMERIE FLOCH À MAYENNE
EN MARS 1986

N° d'édition : 9238. N° d'impression : 24053
Dépôt légal : mars 1986
Imprimé en France